Un viajero, con dos boletos

Un viajero, con dos boletos

Walberto Vázquez Pagán

Un viajero, con dos boletos
ISBN: 979-8-71267-733-7

Primera edición
© 2021
Walberto Vázquez Págan
e-mail: walbertovazquez@yahoo.com
VENTAS: amazon.com

Editora y correctora: Betzabeth W. Pagán Sotomayor
e-mail: paganbetzabeth12@gmail.com

Foto de portada: Willgard Krause, Lutherstadt Witernberg, Germany

Diseño: Martha María Moreno Llano
e-mail: mm_moreno@yahoo.com

edicatoria

Xavier Alexander Vázquez Homs
(1998 – 2013)

Más allá de las palabras que componen cada poema, hay un padre que extraña tu parte física y sostiene que quince años no fueron suficientes. Mi mayor temor, olvidar lo que viví durante ese tiempo: tu sonrisa, tus travesuras, tus curiosidades (cuando te sorprendió tu propia sombra e intentaste una y otra vez atraparla o cuando te encontraron masticando piedras).

Sin embargo, estoy consciente de que este dolor no envejece, y sé que lo cargaré de manera eterna hasta que llegue mi último respiro porque habito donde la especie humana cree que la captación espiritual, es sólo un ilustrado pensamiento.

En cada pagina, este viajero le deja saber a la muerte, que ella, no es tan fuerte como el amor que aun te tengo.

Contenido

rólogo

y, de pronto, la vida tomó otro rumbo.

Cuando conocí a Walberto Vázquez Pagán me sorprendió su tímida y sincera sonrisa. El tema de nuestra conversación era este poemario, sus circunstancias y sus vivencias como padre. En especial, la conversación se tornó sobre su hijo Xavier Alexander Vázquez Homs, quien falleció a los 15 años, víctima de cáncer, y a quien dedica los poemas.

Enfrentarse a la pérdida de un hijo en este plano es un vacío irreparable y doloroso, un escenario al que pocos se quisieran enfrentar. No obstante, Vázquez Pagán me manifestaba su esperanza y sosiego, más que una mera resignación. En nuestra entrevista, Walberto agradecía la oportunidad de haber disfrutado el amor, los fragantes recuerdos, las coloridas vivencias juveniles y la pureza del alma de Xavier Alexander. Por eso, asegura, que no guarda rencor ni recelo al destino que arrebató los sueños y anhelos de toda una familia.

Esta sabia lección de un hombre joven todavía dolido, "con un corazón herido a muerte" por la separación física de su "ángel dormido" denota una gran madurez, fortaleza y entereza. Cada verso de este poemario manifiesta un dolor "esclavo del grito"; sin embargo, sus palabras también enriquecen el espíritu y la fe en un futuro reencuentro para todos aquellos que han sufrido una cercana pérdida humana.

Vázquez Pagán desahoga su sentir y, a la par, parece intentar recordarnos que el amor no se esfuma ni se pierde en un vacío. En cambio, es lo que queda impregnado en suspiros para siempre.

Presento con estas líneas más de una treintena de poemas de corta extensión, pero de hondos sentimientos paternales. Me atrevo a asegurar que más de una vez sus sensibles lectores tendrán que hacer una pausa para reflexionar y secar las lágrimas antes de continuar disfrutando de la creatividad del autor. Que *Un viajero, con dos boletos* sirva para aprender, valorar y, sobre todo, agradecer cada instante la alegría de vivir y recordar con eterna paz aquellos que una vez nos fueron prestados.

Carmen Cila Rodríguez, PhD
Reportera cultural

¿A qué hora me vienes a buscar?

(Primera carta)

Estoy consciente que al momento de escribir esta carta no la puedes leer, porque ahora descansas entre estrellas y sonríes en los días sin nubes, y si Él crea una, es para que descanses tus alas.

Me duele no poder verte como antes, no escuchar tu voz decir: "Papi, ¿a qué hora me vienes a buscar?"; era esa simple carcajada tuya la que sacaba mi mejor sonrisa. Sin embargo, Xavier, ahora te puedo sentir en cada rincón de mi cuerpo; siento mi latir más fuerte, porque ahora tengo el tuyo en mí. También sé que cuando bajan lágrimas por mis mejillas es para calmar la sed que sienten de ti, mas no deseo mojar tus alas con ellas. Extraño ese abrazo, con palmadas en la espalda, lleno de calor, queriéndome decir "te amo, papi".

Sabes, amado hijo, no culpo a nadie y menos a Dios, a Él le doy las gracias por haberme dado la oportunidad de ser tu padre, porque Él no sabía dónde guardarte y te dio a mi como hermoso regalo de vida.

Ruego tu perdón ante mi cobardía, por no dejarte ir de manera definitiva, por resistirme a tu último adiós, por dibujarte en mi mente, por arrancarle al silencio tu voz.

Hoy sólo puedo levantar los brazos al cielo y ennoblecer una oración por ti. Sólo imagino tu alegría cuando la brisa refresca mi piel, y me consuela que me puedes ver.

Carnívoro recuerdo

Hay días que siento
mis lágrimas cortar
los pómulos en surcos
para que mis labios no prueben
el sabor del dolor
de un cuchillo
que suicida
a este corazón
con el brillo
del metal dentado
e intento recoger
con mis manos
la sal de mis pestañas
de estos ojos convertidos
en telaraña
para entrelazar tristezas.

Mientras
el filo
sigue cortando
la fotografía
de este carnívoro recuerdo.

Walberto Vázquez Págan

En la cripta de mi memoria

Amarga muerte
en vida
de esta piel
que siente su lamento salvaje
por mis mejillas
para cubrir el pálido pensar
de una fingida fantasía
que no dice nada porque los gritos se tensan
en los oídos del muerto
que alcanza el sosiego traído por el aire
para hundirme en el abismo
del último suspiro
que agoniza
y convoca ante las velas
luz del Inframundo
porque mis ojos caídos
aun te guardan

en la cripta de mi memoria.

Tren fantasmal

No soy el mismo
no siento nada del ayer
porque mi sangre
ya no se sumerge
en tu melena.

Cada noche
le reclamo al amanecer
que se robe el sereno caído
al precipitado vacío
que destella el lamento que permanece fijo.

No soy el mismo
porque han reclamado
parte de mi presencia
y la muerte en su frenesí
descansa sobre la hierba
a la espera
de llevarse mi rostro
entre sus manos.

Lágrima negra, piel fría

¿Qué es una lágrima?
Es la expresión de mi corazón
herido a muerte
¡O es ya la muerte de mi corazón!
O es la expresión de mis ojos
que se sienten olvidados
por el amor
e inundados por la nubla
de un océano turbio
que espera a que caiga la última gota.

No siento que se evapora
con el fuego que me quema
el que traspasa el alma
como lanza
envestida de dolor
bajo la insolente piel fría
no deseando imitar
al mármol
que augura
la vida eterna.

¿Por qué?
porque no intento ahogarla
sin piedad
en su propio tormento
y así
no dejarme engañar
por su deslizante transparencia.

¿Qué es una lágrima?
Puede ser una ironía del pasado
               o la agonía
                    de mi presente.

Mi último recuerdo

Mientras mi cuerpo flotaba
en caída libre hacia la cama
a las seis y veinte de la noche
hora en que mis ojos dejaron
de batallar ante las llamas del atardecer
la oscuridad cayó en ellos
entonces, el otoño
se despedía de mi cuerpo
y tu esplendida sonrisa
hacía renacer hojas.

Sé que eras tú
porque mientras dormía
sentí cómo la suave miel
sanaba mi corteza.

Sé que eras tú
porque mi centro ardía
como sol
y mi bendita ilusión
de soñarte se consumía
ante la realidad de verte.

Mi último recuerdo
antes de que mis ojos se abrieran
a las siete y cuarenta de esta mañana
fue abrazarte
antes de tu furtiva escapada.

Mi último recuerdo despierto
es preguntarme

¿será un sueño todo lo que sucede
en mi carne cuando te pienso?

17

Celebro tu vida, en mi muerte
(Segunda carta)

Quien anunció que habías llegado al cielo, tuvo el mismo privilegio que yo, de haber escuchado tu primer grito en la Tierra. Ayer celebré el ritual de la vida; hoy intento comprender por qué ya no estás en ella. Aunque mi Padre me dé mil razones, no lo acabo de entender, es el sentimiento de que el agua se evapora antes de que salga.

Xavier, cuando naciste me regocijé por el mundo; luego, viviste tu corta vida, o tal vez la vida necesaria, de una manera tan intensa, llena de sentimientos. Sólo bastaba con mirarte y tu sonrisa se confabulaba con la mía.

Ahora veo cómo el tiempo se escapa entre mis dedos, cómo al segundo no puedo recorrer el mismo paso.

Siento menos aire en mis pulmones, ya no exhalan tu nombre con la misma frecuencia

Por esta mera mortalidad mi cuerpo es el desierto falto de sed en la bruma que me atrapa al cerrar la puerta del cuarto.

Agradezco a Dios que no te permitió experimentar el dolor, porque sólo Él conoce la muerte de un anciano y la de un joven, porque ella es el punto final de esta vida, y ahora eres parte del misterio de la que sigue.

Hoy mi mundo llora, mientras tú te regocijas.

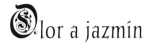

Olor a jazmín

En el silencio eterno
especulé que quedarías
cuando vi tus manos cruzadas
pero un sólo respirar
el de tu olor a jazmín
me hizo la noche amarilla.

Tras tu partida
pensé que mi corazón
quedaría dividido en dos
que sería vagabundo
entre la alegría y la tristeza.

En ese momento
sentí que cerraría los ojos
al mismo tiempo que los tuyos
pero tu última mirada
aún mantienen los míos abiertos.

Mientras me desangraba
pensé en lo fugitivo de la muerte
y ahora
lo esclavo que me hace la vida
en el relámpago furtivo
del grito
que cala mis huesos.

Cada día llega la noche
y con ella el anhelo de que vengas
no con las manos cruzadas
y sí con las alas abiertas
a refrescar tu imagen
en mi deliberada remembranza.

Ya no pienso
cae la noche
caigo junto a estas palabras
pero no cae
nuestro último adiós.

Un ángel dormido en mi garganta

A pesar del crujir de las piedras
intenté
desde Sahagún hasta Santiago
no pronunciar su nombre
para dejarlo dormido.

Pero una canción de cuna
evocada por lamentos
y la inminente
caída de rodillas
ante las duras piedras
de la Cruz de Ferro
me obliga a comprender
que soy la vena
y él, la sangre
que me fija al Camino.

Me pongo de pie
se suelta el pulmón
cae la intencionada piedra
libero al viento
la que le aguanta
grito su nombre

vuelas...

Mi frágil mortalidad

Mi latir
es la mariposa
de ala herida
que desea posarse
sobre el pétalo de la rosa blanca
con la esperanza
de que nunca llegue el viento
y se lleve tu presencia
de la mía.

Mi vivir
es un barco de papel
sin la cuerda
que dirige el mástil
de la muerte
tan callado y naufragante
ante los ojos de la vida.

Mi pulsar
es el tiempo congregado
que ni vuelve
ni tropieza
con las horas furtivas
desvainando mis sesos
por su tirano anhelar.

Me desvela este palpitar
cuando amanezco
por lo violento del dolor
causado por la enemiga
que me hace ver
mi frágil mortalidad.

Hoy siento esta casa fría
la mirada ciega y extranjera
en el rincón de las soledades
que las crea
como cortinas de hielo
sin poder mover un dedo
ante tu último

l   a   t   i   d   o.

Alas clandestinas

Observo mi pensar
detrás de la ventana
y una lluvia
de estalactitas
sucumben
tras el clandestino zumbido
que cortan el salvaje viento
que desvanece
la carne de mi memoria
hiriendo al miedo
de este dulce y sombrío
recuerdo que desnuda mi alma
que ahoga dolores en el fondo del mar
para soltar letanías de una tierra muerta.

Abro la ventana
mis dedos sienten
la necesidad de tocar el cielo

busco la caricia perdida.

Aprendo a volar....

Para tus veinte años

(Tercera carta)

Amado hijo, esperé hasta ahora para encontrarme con el amanecer, escribirte un poema que vaciara el legado de fracturas que ha dejado tu partida.

En estos pasados cuatro años he coleccionado lágrimas porque no sabía qué hacer, por eso decidí caminar por el frío y no vivir el calor que me ofrecía tu nueva vida, porque mal entendí el misterio, de tu partida.

Fui el juez que le sentenció entrada al dolor.

Mientras lloraba sin poder contenerme busqué un perdón causado por la impotencia de no poder hacer nada por salvarte, porque la última mirada que me diste, no fue pidiendo ser salvado, fue de agradecimiento.

Hoy lo confirmaste, me obsequiaste un centenar de mariposas amarillas que danzaban en las flores de geranio, entonaste una hermosa canción con los "wind chimes", y una lluvia del cielo hizo coro con mis lágrimas.

Soy el padre más dichoso del mundo, porque te tuve como hijo y ahora como ángel.

Un viajero, con dos boletos

El carbón se enciende
el tren silba
el metal carmesí desprende calor
cuando mi hijo se acerca
del más allá.

Las ruedas
se mueven
los vagones rojos se arrastran
buscando en el espacio terrestre
el sentir perdido.

Destiempo de este viaje continuo
que trae consigo el destierro
de un amor que aspira
a que mi pensar transporte
del cielo
tu olor a jazmín.

El silbido
anuncia la llegada a la estación.

Se baja del tren
este viajero con dos boletos
y saca del corazón
un pañuelo blanco
para decirte
que de este poema
soy
el único que parte.

En mi biografía

Tu sonrisa
es cabalgata
de pensamientos
donde el cielo azul
es el jinete libre
que me hace feliz
esta noche
de fijación lunática
que el rocío esparce
sin esfuerzo
porque la tierra
es la hogaza
que necesito
para sentirme vivo
y esta agonía
echa flores blancas
cargando sueños amarillos
l e j o s
de la miseria
que sienten mis días
sin poder omitir mi biografía.

¿Qué fuera mi presente, si le eliminara diecisiete años de vida? No sería lo mismo, y no sentirte es negar la existencia que tengo. Sé que no todo está perdido, siempre me envías un mensaje, porque tu sonrisa conoce el camino.

Todo comienza en ti
y termina en mí

¿Será acaso
que este cuerpo
es una acumulación de muertos?

¿Será
que alguna noche
regrese de mis días baldíos?

¿Será
que te encontraré
en cada lugar que te amé
aun sabiendo que no te hallaré?

¿Será
que pueda levantarme
de esta silla
y huya
de esta jauría de sombras
y al menos tropiece con la mía
porque no recuerdo dónde la dejé?

¿Será
que esta noche
tengo un golpe de demencia
intentando recuperar la cordura?

¿Qué va a ser de mí
pequeña criatura
si en esta vida
sólo hay derecho
para morir?

¿Será
que todo comienza en ti
y termina en mí?

De ser así
sé quién soy.

Gracias a ti cada día que pasa descubro quién soy, porque el propósito de vivir es otro; ya no hay principios de incertidumbre, porque mientras viva, sólo te sacará de mis brazos la muerte. No importa el tiempo que haya pasado, no levanto mi bandera blanca.

Abrigado de silencios

A 281 metros de altura
comprendí
que esta lejanía me asfixia
como una mente demente
llena de cárceles
cuyos barrotes
son los sentimientos
que aún se embriagan
en el bar de los recuerdos.

Pensé
que estando cerca del cielo
te podía tocar
ahí
vi un sinfín de estructuras
ocupando lugares como fantasmas
que respiran
y aspiran
despedidas llenas de laberintos.

Suspiro por las calles
de este abril
en un París
lleno de agostos
anotando con detalle
la caligrafía de los sauces
en la piedra
de la in-memoria
partida por el soñar
de una alianza
más allá de esta sombra
y sus tormentas.

Pensé crear alas de acero con cada parte de la Torre Eiffel, en un intento más por estar cerca de ti, pero sólo me abrigó el recuerdo de tu silencio en mi eterna oscuridad. Eres el motivo de mis sueños... TE AMO.

TODO CALLA

Camino por *Chateau La Coste*
y me invade
el mudo pensar
que hace grietas
en mi globo ocular
ante la sequedad
de una tierra árida.

Una estela
Interrumpe
mi humana resurrección.

Las nubes blancas
han perdido el azul
por lo hondo y oscuro
de los océanos.

Sigo sangrando
por el sendero
del tiempo pasado
cuando se entretejen
y arden en mi pecho
todas las pasiones.

En *Provence*
se escapan mis moribundos labios
el Sol baja a su ocaso
la noche abre su portal
y todo calla
ante el extraño
que ven mis ojos
porque no sabe
cuántas veces
ha muerto en esta vida.

Hace 21 años y un diario quisiera
(Cuarta carta)

Hace esa misma cantidad de años que llegaste a este mundo, el mismo que hace cinco te despidió, de manera inesperada, y desde aquellos quince años carga este vivo el dolor que quema sin llama.

No quisiera escribirte una carta triste este día, es tu cumpleaños (no tu cumple-vida), pero, a pesar de que este día vi un arcoíris y una manada de palomas voló encima de mi cabeza, no pude resistir más, cuando al mediodía lloraba en el silencio de mi carro y tu llorar me acompañó desde el cielo, y esta angustia no se acostumbra a que dentro de mí haya un sueño inconcluso, pero este descon-suelo frío me paraliza al seguir viendo tu esquina vacía.

Quisiera decir en la fácil expresión que todo pasa, que el tiempo será el cómplice perfecto para guardar tu recuerdo, pero me hace sentir como el viejo marinero, que, sin importar los años que lleva en tierra firme, siente las ondulaciones del mar.

Quiero ahogar este inmenso y profundo desahucio que han hecho en mi propio cuerpo.

Sí, quisiera olvidar el horrible asombro que irrumpió la madrugada. Ahora, no tengo excusas para buscar en la oscuridad el mayor de los destellos.

Nadie sabe

Cuántas veces
he observado las estrellas
buscando la tuya
en este hoy
tan cargado de ayer.

He inventado laberintos
y esas mismas veces
he olvidado mis pies para salir.

Me he sentido sin manos
aun así, aprieto la rosa blanca
hasta sacarle el insumo de tu aroma.

Cuántas veces
me he parado
en lo profundo de la gota
y me agoniza la sed.

Nadie sabe cuántas veces
he mirado
he inventado
he sentido
he llorado.

Sólo él sabe
las veces que he intentado trasplantarme...

No sé cuál es la causa de mi silencio exterior, al menos sé que tú eres la causa de mi ruido interior.

¿A quién espero?

Te pienso
cada instante
porque mi memoria
es corta
porque es mi anhelo
hacer de este olvido
uno eterno
antes de que llegue
mi último respiro

Perdona
si mi pensar
te despierta
es que
estoy cansado de caminar
de ser vagabundo
de mí
porque ayer
vi al Sol frotarse los ojos
frente al cristal de tu ventana.

Saldré de mi soledad
¿para ir a dónde?

No sabía qué esperar una vez que tu partida física se dio de manera inesperada; temía olvidar de momento lo que fuiste para mí en esos 15 años.

El misterio de esta lágrima latiente

I
Una lágrima
habla en presagio
sobre una piel herida
esta noche llena de sigilos.

II
Dos lágrimas
se lanzan al abismo
sobre el pecho de este hombre
para surcar el conocido océano
con el hálito del viento que lo arrastra
hacia el recuerdo de esa última imagen.

III
Tres lágrimas
humedecen el mármol
que reclamó
para siempre tu cuerpo
bajo el imperio de la oscuridad eterna.

IV
Cuatro lágrimas
abatidas en su luto
borbotean en rápida caída
mientras esta atribulada memoria
reúne palabras
sin observar a los caminantes
que por ahí pasan.

Visito el camposanto sin que nadie note que, entre estruendosos gritos, entro en el conflicto de cómo puedo volver a abrazarte.

41

De algún modo, noto que estás vivo

Tu última mirada
fue el beso definitivo
el poema de alas urgentes
que llevo guardado
en la complicidad de mi memoria
para que no se pierda
en la bruma de mis ojos.

Es la ternura que sabe a sufrimiento
es la madera ardiente
que se niega a ser ceniza
en la vaguedad de mis latidos.

Tu última contemplación
es el azote constante en mi pecho
es el invisible temblor
en el estropeado espejo
que intenta rescatar
aquella noche
tan callada y vagabunda
es la flor que amanece
en alguna parte de mí
llena de olores.

La vida tiene que estar más allá de este mal sueño, que cuando te despierta todo termina y comienza el recuerdo de la última película que vimos juntos, del último abrazo, de la última mirada llena de complicidad. Gracias por compartir conmigo el rincón secreto, donde guardo mis silencios

Sin ritmo y sin viento, pero todo baila y todo vuela

Sin ritmo y sin viento
comencé a ver los relojes sin agujas
el agua del mar la sentí sin sal
la arena, sin huellas de gaviota
el invierno se desplomó en agosto
y en enero, salió la primavera.

No sé
si puedas oírme al otro lado
qué forma tendrás
lo que sí sé
es que te llevaste las manos
que una vez te tocaron
y donde se paraban las mariposas.

Pero toda baila y todo vuela
porque te acompañan flores sin tierra
y te sostienen en mis letras
estas alas de papel
que vuelan hacia alguna parte rota
cargadas por el viento y sus misterios.

Quisiera tener la valentía de Demócrito, arrancarme los ojos para sólo pensarte, pero no la tengo, por eso, me elevo como cometa en las noches errantes, para acariciarte en sueños, mas luego despertar y danzar sobre mi llanto.

Quisiera olvidar

(Quinta carta)

Amado hijo:

Pretendería escribirte que todo está bien y que ya superé el coraje de no tenerte, sobre todo, el miedo a olvidarte, y que el viajero que habita dentro de mí ya no escucha los rumores del latido vago, que me debilita de momento.

Y sí, afuera pareciera que todo es igual, por ejemplo, el calor que asfixia ante la vanidad que intenta sostener el rumbo de la sonrisa que sale a media alma, para ocultar el dolor ante el toque de queda, que sale del cajón de las fotografías cuando callan los ojos.

Recostado en esta silla, tomando un café de sabor amargo por las gotas que caen, no sé si es poco lo que te escribo o es mucho lo que quisiera borrar, no sé cuál domina esta angustia.

Mientras --- aquí estoy pensando en ti --- entre el día y la noche, y cuando llegue ese momento, regresaré al cuarto, me tiraré en la cama de sábanas blancas, y volveré a ver la presencia en vida del hijo que me falta.

Quién pudiera decir que voy muriendo por la costumbre de los quince años o la falta de ella en los pasados cinco.

PD: Te amo, Xavier Alexander Vázquez Homs; aún sigo recordando tu hermosa sonrisa y el ánimo ante la vida. Sí, sé que me dejas saber que siempre estás a mi lado, y ese no es el inconveniente, es la parte física la que me hace falta.

Se rompe el cielo, con un grito que sangra

La memoria del agua
se desvanece
en el deslizamiento
de los segundos
da golpes en las horas
de las superficies ásperas
que intentan borrar
el último abrazo

que fuertemente quieto queda
ante el ruidoso murmullo
de la última conversación

y la última mirada.

¿Quién me lo devuelve?

Me sobra valor para seguir amándote, aunque me asista la soledad de tus miradas y la nada del cristal, que no refleja ya tu rostro.

Escolta de estas letras

El tiempo
vuela rápido y preciso
como tú
lo haces
aquí
dentro de mí
el que ahora comprende
como mendigo
que fuiste la mejor limosna
que he recibido en la vida.

Tu luz
escolta de estas letras
llenas de oscuridad.

Tu olor
perfume acompañante
que navega por el aire.

Me recojo del suelo
del que he estado sentado
y me buscaré en otro rincón
donde pueda seguir suplicando.

La llama del ayer

Llego
a estas letras
cargado de sollozos
para que de forma alguna
seques estas lágrimas
que vienen
de una evocación en llamas.

Lamentos míos
que preguntan
al pasado
a los cielos
a los poemas
al poeta
¿qué tengo?
¿por qué sufro
con esta supresión?

La llama del ayer
me besa
en la añoranza
de quien no tengo a mi lado
porque sólo cargo
con mi pena y su ceniza.

*La magia de la vida es sonreír de una manera genuina, aunque nos
duela cada pedazo de alma.*

Diverge el vivo, paralelo al muerto

Me levanto de la cama
me miro al espejo
hablo con el otro yo
le ordeno que cuando levante la mano derecha
él levante la mano izquierda

hago silencio
la mirada es paralela
pero la divergencia coincide
así, terminada la conversación
le doy la espalda, él hace lo propio.

yo,
me paro frente a la puerta
con las manos abiertas
para abrazar a todos los muertos
que me acompañan.

él,
se sumerge en lo oscuro que me habita
para despertar a los enigmáticos soldados.

Se me olvidó preguntarle si iba para el lado de los vivos o
de los muertos

*No sé si este poema es para ti o es para mí, y me hace preguntarme,
¿quién está detrás de mí?, porque sentirte de esta manera sigue
siendo un enigma.*

Me reencarno en el papel
y en el lápiz

Ardo en vehemencia
porque soy un padre doliente
en la sonrisa llorosa...
colmena de sentimientos
dragón sin fuego
que se consume
en los años pasados
llenos de vida
por el veneno de tu muerte.

Por alguna razón desconocida
busco el papel
que me invita al desahogo
de la carne
pedazo de paz
que no me alcanza.

Vuelvo a lo oscuro de mi razón
con los dedos que tocan
en venganza el teclado
que se inunda lentamente
en medio de destruidas... cosas
ante el crujir
de esta tierra
que busca renacerte en cada pensar.

Madera inconclusa
húmeda fibra
que arranca de este árbol
raíces profundas
hojas tan verdes
que se caen al nacer
porque vienen cargadas de gritos
y de olores
que no distingo.

51

Es este viaje funerario del lápiz
que me carga en la resistencia
del verte vivir... y morir...
en esta vida
que me obliga a reencarnarte
en la angustia
de la punta rota
del carbón.

Amarillas cicatrices permanecen en mi alma. Cabalgata de dedos sobre tus cabellos, en mi oscurecida materia, misteriosa fuerza de paz y de furia cargo.

Mi piel gastada, se convierte en seda

He aquí
un hombre que llora en silencio
que le pide al corazón
que sea comedido
que no levante sospechas
de la tristeza que aún siento
que no irrumpa en llanto
que el desahogo
lo haga
gota a gota.

He aquí
un padre lleno de dolores
falto de tu presencia
pero jamás falto de ti
porque el amor
que siempre llevo
me inspira a escribirte
antes de que se invalide
mi pensar
y esta poesía
se diluya por la incesante lluvia
y este papel en blanco
quede de noche.

Le grité al viento, me senté a ver el fluir de río; comprendo que ya no puedo aumentar su cauce. Ahora, mi piel gastada se convierte en seda.

El tiempo sólo me ofrece retenerte vivo... en el pasado

(Sexta carta)

No sé cuántas veces tu sombra ha danzado conmigo, es como si lo desconocido se apoderara de mí y me obligara a desenterrarte en el silencio de cada oscurecer.

Ahora sólo me queda celebrar tus veintidós años en una lápida fría, cuyas rosas blancas se marchitarán con el sol incandescente. Después, nada quedará ahí, porque conmigo seguirán los llantos de este huérfano padre.

Quisiera dejarte quieto, porque ahora nada pides, pero en cada espejo, en mi rostro te veo; la pobre, la que le aborrece sólo escribirte poemas con ojos borrosos, y le pide al aire el grito que diste al nacer.

Alabastro de espíritu soy de mis viejos días, que se enredan en la ilusión de aquella última mirada, porque siento el viento sollozo como quien nunca ha ofrecido una partida.

La muerte,
el amor que nos falta entender

El tiempo
se desvanece
deja marcas perennes
a los que tenemos la dicha
de abrir los ojos en cada despertar
sin saber cuándo serán cerrados.

Mirando al Sol, sin parpadear, me pregunto, ¿qué es la
vida? Que no sea vivirla, sentirla y ¿qué diferencia puede
tener la muerte? Porque para mí, ambas carecen de
definición, pero aún no sabemos cuál llega primero.

Hoy me vuelve a doler el alma
más confundido
con la vida
el amor
la muerte
las tres tienen frustraciones primitivas
y cargadas de insaciables misterios
por lo poco conocido de ellas.

Por el momento
así termino
atado a todo aquello
que la muerte no arrebata
al amor
que te tuve en vida.

Novecientos noventa días

Últimamente
sólo pienso
en el principio de las incertidumbres
de estos cinco mil quinientos días...
cuando el frío que baja del norte
llega al kilómetro cero del sur.

Los labios de la vida
dis-pusieron otros sabores para los míos
y hoy
eres el extraño hijo que le falta a la mía.

Esta tarde
he decidido visitar el cuarto
donde siempre me esperan
los pájaros que ventean recuerdos
porque diluir tu presencia
es una especie de estupor
donde la falta de "Papi, cuéntamelo otra vez"
es la exhalación húmeda de mi boca
que empaña el espejo
para escribir tu nombre
e intentar darte vida, otra vez.

A diario, entre respiraciones fuertes, con sobresaltos en mi pecho y labios temblorosos, recuerdo solamente que he olvidado las luchas, porque mis manos me hacen pensar en lo que estarás haciendo ahora.

De continuos anhelos

La vida y la muerte
nacen de un alma gemela
aunque no trabajen
de manera consecuente
porque no se puede vivir
como una tragedia
separada de ella.

Espero
que cuando llegues a buscarme
no me despiertes
porque ahí
estaremos juntos
para siempre.

Hay días que no sé si sentarme a escribirte o caerme de rodillas y llorarte; sin embargo, un suspiro cargado de recuerdos me pinta un nuevo paisaje.

Sombra hay en la puerta de entrada

SOMBRA, espera por mí
que el silencio danza
carente de luz
en el inframundo
de un espejo.

HAY en el cuarto
un padre huérfano
de su hijo.

EN mí
reside un cielo
para que no te quedes sólo
para que no te falte yo
como me faltas tú.

LA palabra
invoca en secreto la comunión
de un cuerpo
de letras
que aún
por ti no escribo.

PUERTA que evita
la entrada de la noche
para que no empuñe mi alma.

DE ecos
cabalga el viento
susurrando en lento galope
ante el despliegue de tus alas.

ENTRADA la madrugada
sombras hay en la puerta
           ellas
            buscan asilo en mi garganta.

La presencia que se niega a ser olvido

Besos de tus labios
que no tocan mejillas
cuerpo que no tiene sombra
dientes que no mastican piedras
pelo suave
que el viento no mueve
(el que tengo huele a morfina)
ojos miel
que no sé a quién observan.

A pesar de la borrasca
el perfume suave permanece
y la lluvia nueva
no se ha llevado las gotas viejas
extensión de tu sonrisa
que aún recreo
reflejo de tus pies
que aún brillan como peces.

La poesía
se apodera del recuerdo
que se niega a ser olvido
porque del ayer
llega hoy
tu fragancia.

Pasa sin su tic-tac
las campanadas no cesan
rosas compro para llevarte
y vela blanca enciendo en casa
antes de salir a la desolada calle
para que me acompañe
el eco de tus pisadas.

Me falta mucho por aprender a vivirte de manera espiritual. Gracias por estar presente siempre con tus olores (ya no sólo es jazmín) Te extraño... y el frío a veces es tan cortante como filo de una navaja que no deja rastros de sangre.

Con las manos cerradas

Introduzco la mano
por el centro del pecho
para saber si mi corazón
late aún
al mismo ritmo del tuyo.

Estos años sólo han sido segundos; me duele igual tu partida.

Walberto Vázquez Págan

Canta el ruiseñor, en las horas más oscuras

Soy el callejero
que se calienta
con el aterciopelado
y descalza recordación
cada vez
que me detengo
cuando el hambre
me obliga
a pensarte
en la luz
que ofrece
su sombra
cuando duermo
bajo el puente

y sus alas

me sirven de abrigo.

Busco llenar su vacío a miles de pies

El avión se estremece
la Luna brilla sobre el motor derecho
una estrella me cautiva
pienso en ti
las lágrimas se liberan
una sonrisa
me hace pensar que fuiste mi junco
flexible en tu corto caminar
pero de raíces profundas y firmes.

Por eso
le grito pegado al cielo
que llegue la lluvia
para vencer esta sequía
pero acepto lo que ya no puede volver
que la huella dejada en la orilla
no es eterna
se convierte en arena.

Faltan cuatro horas con cuarenta y dos minutos
para aterrizar en Barajas
cerraré los ojos
para intentar dormir
y ver la mejor carta que tuve.

Hace días que no te escribía, pero sólo el padre que ama como yo te amo, no tiene que ser poeta para ver cómo las nubes saltan como delfines sobre el aire que las sostiene cada vez que llegas a mí.

Extraño parte de mi existir

Se posó en el clavel
vociferó tu belleza
recitó versos
en mis adentros.

Antes de volar
esa última mirada
hizo grietas
en mi agitado espíritu
que aun deja entrar en sigilo
el eco de tu voz
en mi deliberada evocación
y está sol(edad)
se cree humana
se mueve entre espejos
para hacerme descubrir

que no
　　　v i v o.

La muerte deshace el tejido

El dolor
como punta de alfiler
asoma luz
ante la oscuridad
que se oculta
en sí misma
y sí
duele ese pinchazo
en el adentro
que se niega a ser cosido
por el hilo
de tu partida
que ahora nos une
el de agua
la que brota
en momento alguno
ante tu despedida temporal
y que tan sólo
corresponde
a lo inmutable
.
.
.

a mi palabra.

Es necesario morir para olvidarte

Saliva el dolor
la piel se agrieta

mi lengua
hace un nudo
en la garganta

miro al suelo

tu huella
me abrasa

y una lágrima
me engaña

me hace tragar
el deseo de nombrarte.

Por falta de memoria

Dejarte de pensar
es imposible
eso implicaría
dejar de vivir.

Desde días pasados
me atrapa el silencio
y me invita a ofrecer
una sonrisa cálida
aunque de frío
muera mi pecho.

Al menos
el limpio viento
te hace mención
y aún
me invita
a los sitios donde estuvimos
y ver ahí
los rastros dejados.

Mi memoria
puede ser pasajera
pero mis manos
siguen llenas de ti.

Sé que el tiempo no marca el paso del dolor, porque me dueles de la misma manera desde hace casi siete años.

La muerte, es un portal con marco, pero sin puerta

Alas que se afinan como violines; tiempo que da calor en cada imagen que llega de ti, pero no quema.

Así han sido estos siete años, un embalsamiento de cada parte de tu cuerpo, para preservarte hasta que me llegue el último respiro terrenal. Mientras, te toco en mis adentros, aunque las aguas saladas se escapen a las mejillas frías, como hoy, por ejemplo, que me siento en esta cama, como en el carro que transita por un solo carril cubierto de niebla.

Entre melancólicos acordes, el velo de una noche fría anuncia la disminución de mis latidos, al parecer, gravemente herido por las partituras.

Ya casi llego a mi destino, mi violín me espera, y tocaré mi propia melodía; lo mejor de eso es que ya no te viviré en cada poema que inspiraba mi corazón por no tenerte.

El auto reduce la velocidad, cerca te escucho, crece mi ilusión, pero, por ahora, eres la nostalgia en mi llanto y, en otras ocasiones, los anhelos de mis palabras.

pílogo

Leer este poemario ha sido aceptar el boleto que ofrece el autor en el título, realizar un viaje de la mano de la tristeza, la pena... la pérdida.

Un transitar poético por un alma devastada, acompañando un niño que lo sujeta desde el alma. Compartiendo el dolor que pone su fuerza y resistencia en no soltar la mano de ese ser que se aleja en vida, pero que pervive en el corazón.

Más allá de la tristeza, la poética del poeta nos devuelve en imágenes una sensación de esperanza que se quiebra y renueva en todas las estaciones en las que va depositando su palabra.

Ese viaje no es alegre, pero es tan profundo y entrañable que no nos permite abandonar la travesía. Todos los lectores mantienen el boleto en la palma derecha, mientras va acentuándose la sensación de una mano pequeña que aferra la izquierda.

En un devenir casi mágico, se siente una sensación de llovizna en cada verso... como si las lágrimas no dejasen de mojar el camino.

Es por esto, por la emoción que en cada verso se derrama, que el valor poético supera toda valoración fríamente objetiva y nos devuelve al punto de partida con una sensación de vaciedad y profunda ausencia, recuperando versos e imágenes de una profunda humanidad.

He estado tentada de poner algunos versos de referencia, pero lo descarté puesto que sería reiterativo y, en este cierre, ya hemos deletreado cada palabra y compartido cada sentimiento, por lo que no tiene sentido ser redundante.

A todos los lectores que estén en esta lectura final no les quedará duda alguna que el viaje ha valido la pena... porque todos hemos sufrido pérdidas y conocemos la resistencia feroz al olvido de todas ellas. La compañía en este tránsito es de todos, compartiendo con el poeta su dolor y su desesperación que nos llega al alma.

BLANCA SALCEDO
Formosa - Argentina

Biografía - Autor

Walberto Vázquez Pagán – **Puerto Rico**
Natural de la ciudad de San Germán.

Ha sido publicado en la *Revista Boreales* con el poema, "Realidad Inexistente". Ha participado en el certamen *Grito de Mujer*, en el que han seleccionado sus propuestas poéticas en cinco ocasiones. Forma parte de las antologías *Suturas*, *Sueños Rotos*, *Metamorfosis*, *Develos del Alma*, y *Divertimento* en Puerto Rico. Es parte de la *Antología Universal de Grito de Mujer* con el poema "Mientras ella dejaba desabrigados sus zapatos", en España en la Antología *Deshojando Sentimientos* con el poema "Si fuera mujer", y en la Antología *Alma y Corazón*, en Argentina, *Salvemos Afrin*, en Siria, *Bicentenario*, en Perú, entre otras.

Participó como poeta invitado en el Festival de la Palabra de Puerto Rico (2012 y el 2016); en el Festival Internacional de Poesía en Puerto Rico (2015); en el XI Encuentro Universal de Escritores *"Vuelven Los Comuneros"* en Santander, Colombia (2017); en el VIII Encuentro de Jóvenes Escritores de Iberoamérica y el Caribe (2017); en la XXVI Feria Internacional del Libro de La Habana, en Cuba (2019); en la Tertulia de Voces Nuevas, en Colombia (2020); en La IV noche de los Poetas, en Chile (2020); y en la Revista Digital de la Editorial de Casa Bukowski, en Chile (2021).

El periódico neoyorquino *La Voz Hispana* resaltó su trabajo literario con base en una entrevista con la periodista y escritora, Zenn Ramos.

En el 2016 publicó su primer poemario "**Bajo el eco de tus pies**", exponiendo una segunda edición en el 2020, y actualmente está trabajando en su tercer poemario "**Sueños de azotea**".

Made in the USA
Middletown, DE
24 August 2021

46796447R00047